MW01517334

MY JOURNEY IN AND OUT OF THE MENOPAUSAL TRENCH OF HELL

Written by

KATHERINE FEROZEDIN

authorHOUSE®

AuthorHouse™
1663 Liberty Drive
Bloomington, IN 47403
www.authorhouse.com
Phone: 1 (800) 839-8640

Published by AuthorHouse 07/09/2015

ISBN: 978-1-5049-2174-9 (sc)
ISBN: 978-1-5049-2173-2 (e)

Library of Congress Control Number: 2015910914

Print information available on the last page.

This book is printed on acid-free paper.

Dedicated to,

My mother, who is the strongest women I know

My sisters, who love me unconditionally

My husband, who told me many times
"you are so good with words you should write a book"

My Doctor, who looked at me and
said, "Kathy, lets fix this"

Our Realtor, who brought my husband
and I where we are today

Most importantly, my family of angels,
and you know who you are

Contents

INTRODUCTION

If any words or a story read, can help anyone who already
has or will go through the same experience, then I
have accomplished what I have set out to do.

My name is Katherine Marie, better know as Kathy, my
dad always called me "katty ", he had trouble with
the "H"

I have an amazing husband, 2 wonderful sons, 3 wonderful
stepsons.
Beautiful smart daughter in laws and 7 amazing
grandchildren

I will start my story based on my excitement and gratitude
for turning "50"
My living bucket list and how I got to this point of sharing.

Also how I found myself during a healing session in the
Riviera Maya

CHAPTER ONE

50 AND I KNOW IT

I was so excited to turn 50, I actually started my celebrations at age 47.
This is where it all began.

I had my nose pierced, left side, this is an indigenous symbol of good luck, this was my younger sisters idea, she said my nose was perfect for it.
Also, we would be alike.

While I listened to people complain, be ashamed of their age, and dread the next phase of their life, I could not wait to begin it.

I had so many things to do, I had to decide where to start.

I needed to join a boot camp, run a marathon, participate in a mud run, but, top of the list "SKYDIVE"

I started training for a half marathon when I was 48, it was the end of march, minus 36 with the wind chill, running 5 km that first night

Once I set a goal, tell people about it, I cannot back down.

Lesson learned !!!

After many miles of training, plantar fasciitis had set in. So I taped my feet when running, was fitted for orthotics and told myself I am not dying

With the help of my boot camp trainer, all the people I was running with who inspired me, I did my first 13 mile marathon.

For reason unknown to me, my body was telling me I had accomplished 13, did I really need to do more?

No, not really.

Tick off my living bucket list !!

CHAPTER TWO

SKY DIVING 101

I felt this need since I was a young girl, I was never afraid of heights.

I was the one, up the highest tree, off to the smallest branch, throwing crab apples at the boys !!!

I was also my older sisters protector.

My husband and I were in Las Vegas, when I was 49 years old.
The cards and the universe were not aligned.
I knew in my heart I would do this, just not now.

A girlfriend and I returned the year I was 50. I had to do this before I turned 51.

She wanted me to go on this massive roller coaster.
I said "are you crazy, people die on those", actually, she thought I was the crazy one.

Ok, ok !!! I did promise to go with her, but only after my skydive was complete on Tuesday am.

Have you ever thought of doing this?

Go ahead, I was so tightly strapped to this wonderful man that it was almost to personal.

As we boarded our jumper plane, I was the last one in. Sooooo, the first one out.

My only moment of fear was when I swung my feet over the exit and looked 15,000 feet down

Had I totally lost my mind, why again did I feel the need to do this?

Once the parachute deployed and I took in the beauty and the magic, any fear was gone.

As you will read towards the ending, "follow your heart".

Another tick !!!

Remember, I wrote this, so I did survive.

CHAPTER THREE

LETS DO THIS MUDDER RUN

Spring of my 51 year, I was sooooo excited. But I needed somebody to join me.

I was having trouble with that until I spoke to one of the OR nurses who thought it would be amazing.

Thank god, I have a partner, again, let the training begin, BUT, this time I paced myself.

I went to boot camp, still jogging and got up to my goal of 10 km. doing TRX, to gain strength, [check it out]

If you ever dreamed of doing a tough mud run, DO IT, you are never to old to do anything.

This was a milder version of the big tough mud run, so I knew I would survive.

This had to have been the most exhilarating time of my life, plus I had the best partner ever.

Yes, another tick !!!

CHAPTER FOUR

SOMETHING WAS
NOT RIGHT

After turning 50, it was in the spring, I will never forget it, ever.

I knew my body was changing, changing very fast.

So many things I passed off to sinus, headaches, could I be having a stroke?

Why do my hands and feet go numb and tingly
Why is my mouth burning inside.
Why are my eyes so dry during the night that I cannot open them.
Why are my face and mouth going numb.
Why are my fingers always going white and feeling cold
Why do I have this sensation of a humming vibration over areas of my body.
Why do all my joints ache.
Why am I no longer able to sleep.

Ok, yes, I figured it out.

I have Sjogrens disease, I will tell my doctor

I was ready for this, I had studied it, it would not be so bad
and I would know I was not losing my mind.

But he just sat, listened and smiled at me.
WHAT?

He said a few times, and Kathy, you are 50.

He assured me I was going to be ok. He would do the tests
I had asked for.

They would then me let know when the normal results
come back.

They came back, normal. So now what?
yes, a herbal medication called Menosense, and lets add
some wild yam cream.

I started both at the same time, not the smartest move as I
did not know which one started to help first.

But I did not care as it helped me get through the symptoms.

CHAPTER FIVE

REALLY, MORE?
I AM ONLY 51

Survived the mud run, still enjoying going out to do 5 to 6 km whenever I needed to relax and de- stress

I will not forget the day, was in September, I had worked and went for a run in the hills with my mud run friend.

I had been tired that day but gave myself that big old push needed.

I woke up the next day, something was wrong. vision in my right eye was all fuzzy, I had floaters and a severe headache.

I went to work that day but called to have my eye checked as soon as possible

These symptoms continued for the next few months with both severe headaches, visual disturbances

Many specialists later, and after they had originally determined it was a detached vitreous, this could also be related to a traumatic head injury I had at the age of 5 years old.

My biggest mistake was I had started to too much medication to get through the symptoms.

Tylenol, ibuprofen, sinus medication, allergy pills, and top of the list "ZOPICLONE", to help me sleep.

I needed sleep so badly. This helped me, possibly too much.

CHAPTER SIX

WHAT HAVE I DONE???

Another year, 52

I was going to tackle this like you would not believe, I was totally set.

Then my brother in law was diagnosed with a terminal cancer, he was given only a short time to live.

Together with his children, they decided to avoid surgery or chemotherapy. They wanted him to spend quality time with not only them but his grandchildren, family and friends.

To love, laugh and talk about good things.

My brother in laws wife had passed away in 1998, also with a terminal cancer that took her quickly.

I will never forget the day she died or her journey.

We began to spend as much time as we could with him. I put all my energy into giving my husband the time he needed with his brother.

I also had many heartfelt conversations with my husband as he did not understand why his brother did not want surgery or was not fighting like he thought he should be.

Hard to explain being a nurse in the health care profession. but I had been part of many lives affected by those to chose to go ahead and have surgery hoping for more time, only to die much sooner because of post operative complications

I gave my heart and my soul to my husband and his family, also trying to fit in my work and visits with grandchildren as they did not understand what we were going through and I could not let them down.

My brother in law passed away to join his wife in august 2014.

CHAPTER SEVEN

THE TRENCH

Devastation is the only word I can think of. A combination of giving all I had emotionally to my family, dealing with other emotional issues with other family members, lack of sleep, to many medications, the stress of work.

This all added up, so we took a trip for one week. Did it help?

Well my husband saw me falling fast.

I started to cry.
I cried about everything I felt I did wrong in my life from childhood to being 52.
I took the blame for everyone's problems.
Thought if I had been a better person, life would have been better for my family and friends as well as people I did not even know !!!

This was awful, I never once thought of suicide, but I did think that if I were to die it would be ok.

I had been with so many patients that died, as well as family members that have died and I do not fear death.

So maybe that was why I was ok with it.

I sat in my doctors office once again.

He only needed to look at me, I started to cry, told him what was happening.

At this point I realized I was possibly in menopausal depression, thank god he saw this as well.

He told me, "we are going to fix this"

Of course I told him I felt I needed hormone replacement therapy. He said maybe we can look at that later, right now we need to get you back !!!

Hormone replacement was not on his mind then or now !!!

CHAPTER EIGHT

DIGGING OUT

I did what I needed to do, cried on my co-workers shoulders.
I had a huge support system in family and friends
and appreciated it.

But I needed to take time away from work, my patients did
not need to see me crying from bedside to bedside

I stuck with m prescription antidepressant, Effexor, it gave
me profound headaches that lasted only minutes
but were intense.

In about 2 weeks, I was feeling better, I was able to understand
I needed to heal myself, my heart and my soul.

We went to visit family and meet our new grandson, I knew
I needed to be there, but I was terribly fragile.

I told my husband I would go but we had to go Thursday
and be home Saturday, he reluctantly agreed.

We got home, I was a mess, a complete mess !!!

I received an e mail from a co-worker who had been away,
she was wondering how work had been as she was
due to come back.

I told her I had been off work, that I was "clawing my way out of the trenches of hell"

The doorbell rings, my husband answers it. It is minus 40 outside but he leaves her standing there, comes in and asks me if I want to see her.

He was being protective and was not sure why she had come, he did not know about our e mail to each other

I let her in, I look like hell, but she grabs me and hugs me. she said she read my e mail and could feel my pain, she told her husband "I have to go check on her".

She looked into my eyes and told me to be strong, told me I would be fine. Said she would be there to help me crawl out of that big ole dark hole !!!

GRATITUDE, GRATITUDE, GRATITUDE

I also learned another life lesson at this time. It was called pass it forward as someday someone will need you as well.

CHAPTER NINE
THE HEALING HAS BEGAN

During this time, I almost cancelled a trip we had planned. It was to be for our 15th wedding anniversary, but what if one of us were not here then. So lets do it for our 13th anniversary.

This trip had been planned before I fell into despair.

My husband said," Kathy, we need to take this. You need it, but I need it too ".

So we called this, "Kathy's healing vacation", when in fact it was healing for both of us.

We had a huge beach to walk down very morning, it was our very own open beach.
Here I prayed and gave gratitude for everything I had, actually many times day

And I appreciated the sounds and sights. We loved the people in Fiji, they are happy with anything life brings them. The men also honour and cherish their wives !!!

We laughed, ate, drank, met amazing people and enjoyed our time there to the fullest

Once settled back into life at home, I took a friends advice and decided to try "Nucca therapy ", what did I have to lose?

I had so many injuries in my life, the traumatic head injury being the worst.

I was also trying to closely follow an alkaline diet, not to lose weight as I had already lost too much since falling into my trench, but to regain my bodies health and balance.

This is where the complete healing began, but, did it really???

CHAPTER TEN

HEALED

Back to life, work and now having the strength to fight against all that was harmful to me.

My doctor had put me on a different sleeping pill before we had went to Fiji, so I was getting what I needed now for sleep, or as it seemed.

I learned to voice my hurt and defend myself. I never liked confrontation, so even times I knew I was right, I would always back down

I accepted and asked forgiveness for the times in my life that I knew I was at fault.

Then an incident happened at work, this time I fought back with all my might !!! I knew in my heart I was a great nurse and patient advocate.

What I had to do caused me great stress at the time but ended with fulfillment and respect on both sides

Then, off again, another healing trip I called it !!!

I had to do it right this time, I decided to seek holistic healing, it all started with "TEMAZCAL" or my Mexican "Hot Igloo" as I have chosen to call it

I thank god everyday for placing me with a Russian lady who could not speak hardly more than a few words of English.

It was just the two of us and our healer for 2 hours, it was here I was able to open my heart, heal my soul and leave all of the baggage that was causing me harm in, that hot Igloo.

I also had holistic massage, this is where I discovered all the souls from the past, saw so many eyes, so many faces, so many different expressions on these faces.

This made me realize I was never alone in my life, EVER !!!

I was able to get off any medication I was taking besides my antidepressant. I was able to sleep, eventually got my belly laugh back and to look and appreciate all the good within my life and within me.

I did try to wean down off Effexor, my husband saw it coming before I did.

I was crying one morning, he said, what is wrong? I told him they were happy tears but I did not think I was ready to get off of this medication just yet.

No worries !!!

And here I stand, strong, happy, and in love with my life and all the good that I have in it.

Challenges? Of course, some good, some bad, that is life.

It is all how one deals with them. We either fall back, or we fight.

I chose to fight

IN SUMMARY

This has to do with symptoms of menopause, not only do we tend to pass them off to stressors of life, lack of sleep, lack of time to ourselves with the business of life, children, a poor or unhappy marriage, work related stress.

Everything plays a huge role in what we do and how we protect ourselves and look after our needs before it causes health issues.

I have always been a physically active person, I have participated in exercise of any sort which began after I had children.

I have always lived a healthy lifestyle to the best of my ability, that was why I could not understand why I was hit so hard.

In reality, it does not matter what we do, our economic status, our happiness or sadness, our work stress, or lack of work stress.

How our children affect our lives from birth till leaving the nest.

We are all vulnerable to this phase of life.

What I learned was, take care of yourself as nobody else will, take time to listen to the birds, look at something beautiful, sit quietly with that cup of coffee or tea, pray or meditate.

Always know that you [we] are the most important, that way we can and will be there for others

ABOUT THE AUTHOR

My name is Katherine or Kathy,

I am a daughter

A sister

A wife

A mother and Step mother

A grandmother

And an auntie, also a great auntie

I am a Registered Nurse and very proud of my chosen profession

I am now following my dream as my husband saw it, to be an Author, an advocate, a helper to others

My goal is to volunteer my time in our new home in the Riviera Maya, THE TAO COMMUNITY with children, helping them learn English as they teaching me Spanish, also to be involved in humanitarian nursing as it is my true passion

MI TRAVESÍA
DE ENTRADA Y SALIDA
DE LA FOSA INFERNAL
DE LA MENOPAUSIA

Escrito por

KATHERINE FEROZEDIN

Mirando después hacia atrás, pude ver cuando todo comenzó.

Atravesamos muchas fases de la vida, todas comenzando cuando nacemos mujeres.

La mayoría de los síntomas para mi comenzaron a la edad de 50 años,

Me senté en la oficina de mi Doctor diciéndole todos mis síntomas, los había "Googoleado" bien

Él se sentó, escuchó y sonrió, I pensé "Porqué sonríes", esto es serio"

Luego él dijo, "y Kathy, tienes 50"

Así que, me hizo examen de sangre, dijo que estaría bien.

Te llamaremos para dejarte saber que esto es normal.

Dedicada a,

Mi madre, quien es la mujer más fuerte que conozco

Mis hermanas, quienes me aman incondicionalmente

Mi esposo, quien me dijo tantas veces

"eres tan Buena con las palabras deberías escribir un libro"

Mi Doctor, quien me miró y dijo, "Kathy, arreglemos esto"

Nuestro agente de bienes raíces, quien nos trajo
a mi esposo y a mí a donde estamos ahora

Más importante, mi familia de ángeles,
y ustedes saben quiénes son

Contenido

INTRODUCCION

Si cualquier palabra o una lectura de esta historia, puede ayudar a cualquiera que ha pasado o va a pasar la misma experiencia, entonces he alcanzado lo que me he propuesto hacer.

My nombre es Katherine Marie, mejor conocida como Kathy, mi papa siempre me llamó "katty", tenía problemas con la "H"

Tengo un esposo asombroso, 2 hijos maravillosos, 3 hijastros maravillosos.

Unas nueras hermosas y listas y 7 asombrosos nietos

Comenzaré mi historia basándome en mi emoción y gratitud de cumplir "50"

Mi lista de cosas que hacer antes de morir y como llegué hasta este punto de compartir.

También como me encontré a mí misma durante una sesión de curación/sanación en la Riviera Maya.

CAPITULO UNO
50 Y LO SE

Estaba tan emocionada de cumplir 50, de hecho empecé mis celebraciones a la edad de 47.

Aquí es donde todo comenzó.

Me perforé la nariz, el lado izquierdo, este es un símbolo indígena de buena suerte, fue idea de mi Hermana menor, ella dijo que mi nariz era perfecta para eso.

Además, nos pareceríamos.

Mientras escuchaba a la gente quejarse, estar avergonzada de su edad, tener pavor de la siguiente fase de sus vidas, yo no podía esperar para comenzarla.

Tenía tantas cosas que hacer, tenía que decidir por dónde empezar.

Necesitaba unirme a un campo de entrenamiento, correr una maratón, participar en una carrera de lodo, pero, lo primero en la lista, "PARACAIDISMO"

Comencé a entrenar para media maratón cuando tenía 48, era finales de Marzo, menos 36 con el viento, corriendo 5 km esa primera noche

Una vez me propuse la meta, contarle a la gente, no me podía echar para atrás.

Lección aprendida!!!

Después de muchas millas de entrenamiento, la fascitis plantar se había establecido. Así que me vendé mis pies para correr, me tomaron medida para suelas ortopédicas y me dije a mi misma, no me estoy muriendo

Con la ayuda de mi entrenador del campo de entrenamiento, toda la gente con la que corría y que me inspiró, hice mi primera maratón de 13 millas.

Por una razón desconocida para mí, mi cuerpo me estaba diciendo que había alcanzado 13, en realidad necesitaba hacer más?

No, en realidad no.

Fuera de mi lista de cosas de hacer antes de morir!!!

CAPITULO DOS

PARACAIDISMO 101

Yo sentía esta necesidad desde que era una jovencita, nunca tuve temor a las alturas.

Yo era la que estaba en el árbol más alto, hacia la rama más pequeña, tirando manzanas silvestres a los chicos !!!

Yo era también la protectora de mis hermanas mayores.

Mi esposo y yo estábamos en Las Vegas, cuando yo tenía 49 años.

Las cartas y el universo no estaban alineados.

Yo sabía en mi corazón que haría esto, solo que no ahora.

Una amiga y yo regresamos el año que yo tenía 50 años. Tenía que hacer esto antes que cumpliera 51.

Ella quería que yo me subiera con ella en una enorme montaña rusa.

Yo dije "estás loca, la gente se muere en esas", de hecho ella pensó que yo era la loca.

Okay, okay !!! Yo si le prometí que iría con ella, pero solo después de completar mi paracaidismo el Martes por la mañana.

Alguna vez han pensado en hacer esto?

Adelante! Yo estaba tan fuertemente amarrada a ese maravilloso hombre que era casi personal.

Al abordar nuestro avión de salto, yo era la última en entrar.

Así que, la primera en salir.

Mi único momento de temor fue cuando colgué los pies sobre la salida y mire 15,000 pies hacia abajo

Había perdido totalmente la cabeza, porqué otra vez sentía la necesidad de hacer esto?

Una vez que el paracaídas se desplegó y yo tomé la belleza y la magia, cualquier temor se fue.

Como leerán hacia el final, "sigue tu corazón".

Otro cheque en la lista!!!

Recuerden, yo escribí esto, así que si sobreviví.

CAPITULO TRES

HAGAMOS ESTA CARRERA DE OBSTACULOS EN EL LODO

Primavera de mis 51 años, estaba tan emocionada. Pero necesitaba de alguien que me acompañara…

Yo estaba teniendo problemas con eso hasta que hablé con una de las enfermeras de la sala de operaciones quien pensó que sería grandioso…

Gracias a Dios, tengo una compañera, de nuevo, dejemos que el entrenamiento comience, PERO, esta vez yo puse mi propio ritmo…

Fui al campo de entrenamiento, seguí trotando y conseguí llegar a mi meta de 10 km, haciendo entrenamiento de suspensión, para ganar fuerza.

Si alguna vez han soñado con hacer una carrera de obstáculos en el lodo, HAGANLO, nunca se está demasiado viejo para hacer cualquier cosa…

Esta fue una versión suave de la gran y ardua carrera de obstáculos en el lodo, así que sabía que podría sobrevivir.

Este tuvo que haber sido el más vivificante tiempo de mi vida, además tuve la mejor compañera.

Sí, otro cheque en la lista !!!

CAPITULO CUATRO
ALGO NO ESTABA BIEN

Después de cumplir 50, esto fue en la primavera, nunca lo voy a olvidar, nunca.

Yo sabía que mi cuerpo estaba cambiando, cambiando muy rápido.

Tantas cosas, pasé de sinusitis, dolores de cabeza, podía estar teniendo un derrame cerebral?

Porqué mis manos y mis pies se duermen y hormiguean

Porqué mi boca esta ardiéndome por dentro

Porqué mis ojos están tan secos durante la noche que no puedo abrirlos

Porqué mi cara y mi boca se duermen

Porqué mis dedos se ponen blancos y se sienten fríos

Porqué tengo esta sensación de zumbido y vibración sobre áreas de mi cuerpo

Katherine Ferozedin

Porqué todas mis articulaciones duelen

Porqué ya no puedo dormir.

Okay, si, lo descubrí.

Tengo la enfermedad de Sjogrens, se lo diré a mi Doctor.

Yo estaba lista para esto, lo tenía estudiado, no sería tan malo, y yo sabría que no estaba perdiendo la cabeza.

Pero el solo se sentó, me escuchó y me sonrió.

QUE?

El dijo unas veces, y Kathy, tienes 50.

Me aseguró que yo iba a estar bien. El haría los exámenes que yo había pedido.

Ellos entonces podrían avisarme cuando los resultados normales estuvieran de regreso.

Regresaron, normales, entonces ahora qué?

Si, una medicina herbal llamada Menosense, y agreguemos algo de crema de camote silvestre.

Comencé ambos al mismo tiempo, no fue el movimiento más listo ya que no supe cual comenzó a ayudar primero.

Pero no me importó ya que me ayudó a pasar los síntomas.

CAPITULO CINCO

EN SERIO, MAS?
SOLO TENGO 51

Sobreviví a la carrera de obstáculos en lodo, aun disfrutando de salir y hacer 5 o 6 km cuando fuera que necesitaba relajarme y des-estresarme.

No voy a olvidar el día, fue en Septiembre, yo había trabajado y fui a correr a las Colinas con mi amiga de correr en lodo.

Yo había estado cansada ese día pero me di a mí misma ese viejo empujón que necesitaba.

Me desperté al siguiente día, algo estaba mal, la visión en mi ojo derecho estaba toda borrosa, tenía flotantes en mi visión y dolor de cabeza severo.

Fui a trabajar ese día pero llamé para hacerme chequear mi ojo lo antes posible.

Estos síntomas continuaron unos pocos meses con ambas cosas, dolores de cabeza severos y trastornos visuales.

Muchos especialistas más tarde, y después que habían determinado originalmente que era desprendimiento de vítreo, esto podía también estar relacionado a una lesión traumática en la cabeza, que tuve a la edad de 5 años.

Mi error más grande fue que había empezado con muchos medicamentos para pasar los síntomas.

Tylenol, Ibuprofen, medicamento para sinusitis, pastillas para alergia, y encabezando la lista, "ZOPICLONE", para ayudarme a dormir.

Necesitaba tanto dormir, esto me ayudaba, posiblemente demasiado.

CAPITULO SEIS
QUE HE HECHO?

Otro año, 52

Yo iba a enfrentar esto como no lo creerían, estaba totalmente preparada.

Entonces mi cuñado fue diagnosticado con cáncer terminal, a él le fue dado solo un corto tiempo de vida.

Junto con sus hijos, decidieron evitar la cirugía o quimioterapia. Ellos querían que él pasara tiempo de calidad no solo con ellos sino con sus nietos, familia y amigos.

Para amar, reír y hablar a cerca de cosas buenas.

La esposa de mi cuñado había fallecido en 1998, también de cáncer terminal que se

la llevó rápidamente.

Nunca olvidaré el día que ella murió o su travesía.

Comenzamos a pasar el mayor tiempo que podíamos con él. Yo puse toda mi energía en darle a mi esposo el tiempo que el necesitaba con su hermano.

Katherine Ferozedin

Yo también tenía conversaciones sinceras con mi esposo ya que él no entendía porqué

su hermano no quería cirugía o no estaba luchando como él pensaba que debería.

Difícil de explicar siendo una enfermera en la profesión de salud, pero yo había sido

parte de muchas vidas afectadas por aquellos que elegían seguir adelante y someterse a la cirugía con la esperanza de tener más tiempo, solo para morir mucho antes por las complicaciones post quirúrgicas.

Le di mi corazón y alma a mi esposo y su familia, también tratando de encajar en mi trabajo y visitas con mis nietos ya que ellos no comprendían por lo que estábamos pasando y yo no los podía defraudar.

Mi cuñado partió para reunirse con su esposa en Agosto 2014.

CAPITULO SIETE

LA FOSA

Desolación es la única palabra en que puedo pensar. Una combinación de dar a mi familia todo lo que emocionalmente tenía, lidiando con otros problemas emocionales con otros miembros de la familia, falta de sueño, demasiados medicamentos, el estrés del trabajo.

Todo esto se sumó, así que tomamos un viaje por una semana. Ayudó?

Bueno mi esposo me vio cayendo rápido.

Comencé a llorar.

Lloraba por todo sentía que había hecho todo mal en mi vida desde mi niñez hasta tener 52.

Tomé la culpa en los problemas de todos.

Pensé que si yo hubiera sido una mejor persona, la vida hubiera sido mejor para mi familia y amigos así también para gente que ni siquiera conocía!!!

Esto era horrible, ni una sola vez pensé en el suicidio, pero si pensé que si estuviera muerta, estaría bien.

Había estado con tantos pacientes que luego murieron, así también miembros de mi familia que habían muerto y yo no le temo a la muerte.

Así que tal vez ese era el porqué yo estaba bien con eso.

Me senté en el consultorio de mi Doctor otra vez.

El solo necesitó mirarme, y comencé a llorar, le dije lo que estaba ocurriendo.

Hasta este punto me di cuenta que estaba posiblemente en depresión por menopausia, gracias a Dios él vio esto también.

Él me dijo, "vamos a arreglar esto"

Por supuesto le dije que yo sentía que necesitaba terapia de reemplazo hormonal. Él dijo que tal vez podíamos ver eso más adelante, por ahora necesitamos traerte de regreso!!!

Reemplazo hormonal no estaba en su mente entonces o ahora!!!

CAPITULO OCHO

SALIENDO A LA LUZ

Hice lo que necesitaba hacer, lloré en el hombro de mis compañeros de trabajo. Tuve un enorme sistema de apoyo en mi familia y amigos y lo aprecié.

Pero necesité de tomar un tiempo lejos de mi trabajo, mis pacientes no necesitaban verme llorando de cabecera en cabecera

Me quedé con mi antidepresivo recetado, Effexor, me daba profundos dolores de cabeza que duraban solo minutos pero eran intensos.

En cerca de dos semanas, me estaba sintiendo mejor, yo fui capaz de entender que necesitaba curarme, mi corazón y mi alma.

Fuimos a una visita familiar y a conocer a nuestro nuevo nieto, yo sabía que necesitaba estar ahí, pero estaba terriblemente frágil.

Le dije a mi esposo que iría pero teníamos que irnos jueves y estar en casa sábado, él de mala gana estuvo de acuerdo.

Llegamos a casa, yo era un caos, un completo caos!!!

Recibí un correo electrónico de una compañera quien había estado fuera, ella estaba preguntándose cómo había estado el trabajo ya que ella estaba cerca a regresar.

Le dije que había estado fuera del trabajo, que estaba "arañando mi camino de salida de las fosa del infierno"

El timbre de la puerta suena, mi esposo atiende. Es menos 40 afuera pero él la deja parada ahí, entra y me pregunta si la quería ver.

Él estaba siendo protector y no estaba seguro porque ella había venido, él no sabía acerca de nuestros correos electrónicos la una a la otra.

La dejé pasar, me veo como el infierno, pero ella me agarra y me abraza, ella dijo que leyó mi correo electrónico y pudo sentir mi dolor, ella le dijo a su esposo "tengo que ir a ver como está"

Ella miró dentro de mis ojos y me dijo que fuera fuerte, me dijo que yo estaría bien. Dijo que ella estaría ahí para ayudarme a gatear mi salida de ese gran agujero oscuro!!!

GRATITUD, GRATITUD, GRATITUD

También aprendí otra lección de vida en este tiempo. Se llamaba pásalo hacia adelante ya que algún día te va necesitar también.

CAPITULO NUEVE

LA CURACION HA COMENZADO

Durante este tiempo, casi cancelé un viaje que teníamos planeado. Este era para nuestro 15 aniversario de bodas, pero que si uno de nosotros no estaba aquí para entonces. Así que hagamos esto para nuestro 13 aniversario.

Este viaje había sido planeado antes, yo caí en desesperación.

Mi esposo dijo, "Kathy, necesitamos tomar esto. Tú lo necesitas, pero también yo lo necesito"

Así que llamamos a este viaje, "las vacaciones de curación de Kathy", cuando en realidad era curación para ambos.

Teníamos una playa enorme para caminar cada mañana, esta era nuestra propia playa abierta.

Aquí yo recé y dí gracias por todo lo que tenía, de hecho muchas veces al día

Y aprecié los sonidos y las vistas. Nos encantó la gente en Fiji, ellos son felices con cualquier cosa que la vida les trae. Los hombres además honran y estiman a sus esposas!!!

Nos reímos, comimos, bebimos, conocimos gente asombrosa y disfrutamos de nuestro tiempo ahí al máximo.

Katherine Ferozedin

Una vez instalados de regreso a la vida en casa, tomé el consejo de un amigo y decidí probar la "terapia Nucca", que tenía que perder?

Yo tuve tantas lesiones en mi vida, la lesión en mi cabeza siendo la peor de ellas.

También estaba tratando de seguir apegadamente una dieta alcalina, no para perder peso ya que había perdido ya demasiado desde mi caída en la fosa, sino para recuperar la salud y el balance de mi cuerpo.

Esto es donde la curación complete comenzó,

Pero, de verdad???

CAPITULO DIEZ

CURADA

De regreso a la vida, al trabajo y ahora teniendo la fuerza para luchar contra todo lo

que era dañino para mí.

Mi Doctor me había puesto una píldora diferente para dormir antes que nos fuéramos a Fiji, así que estaba consiguiendo lo que ahora necesitaba para dormir, o así parecía.

Aprendí a expresar mi dolor y defenderme. Nunca me gustó la confrontación, así incluso las veces que sabía que estaba en lo correcto, yo siempre me doblegaba.

Yo acepté y pedí perdón por las veces en mi vida que sabía que yo era culpable.

Después un incidente ocurrió en el trabajo, esta vez me defendí con todas mis fuerzas!!! Yo sabía en mi corazón que yo era una gran enfermera y defensora de los pacientes.

Lo que tuve que hacer me causó gran estrés en ese tiempo pero terminó con satisfacción y respeto en ambas partes.

Luego, de nuevo, otro viaje de curación, así lo llamé!!!

Lo tenía que hacer bien esta vez, decidí buscar curación holística, todo comenzó con "TEMAZCAL" o mi "iglú caliente" Mexicano como yo había escogido llamarlo

Le agradezco a Dios cada día por ponerme con una señora Rusa que no podía hablar poco más que unas cuantas palabras de inglés.

Éramos solo las dos y nuestra curandera por dos horas, fue aquí que yo fui capaz de abrir mi corazón, curar mi alma y dejar todo el equipaje que estaba causándome daño, en ese iglú caliente.

También tuve masaje holístico, esto es donde descubrí todas las almas del pasado, vi tantos ojos, tantos rostros, tantas expresiones diferentes en esos rostros.

Esto me hizo darme cuenta que yo jamás estuve sola, NUNCA !!!

Pude salir de cualquier medicamento que estaba tomando además de mi antidepresivo. Yo podía dormir, eventualmente recuperé mi carcajada y volví a ver y a apreciar todo lo bueno dentro de mi vida y dentro de mí.

Yo traté de desengancharme de Effexor, mi esposo lo vio venir antes que yo lo hiciera.

Yo estaba llorando una mañana, él dijo, que está mal? Yo le dije que eran lágrimas de felicidad pero yo no creía que estaba lista para salir de este medicamento todavía.

Sin preocupaciones !!!

Y aquí estoy, fuerte, feliz, y enamorada de mi vida y todo lo bueno que tengo en ella.

Retos? Por supuesto, algunos buenos, algunos malos, eso es la vida.

Todo es como uno se ocupa de ellos. Podemos ya sea retroceder, o luchar.

Yo escogí luchar.

EN RESUMEN

Esto tiene que ver con síntomas de menopausia, no solo tendemos a pasarlos a los factores estresantes de la vida, falta de sueño, falta de tiempo para nosotros mismos con el negocio de la vida, hijos, un matrimonio mediocre o infeliz, estrés relacionado al trabajo.

Todo juega un enorme rol en lo que hacemos, y en cómo nos protegemos a nosotros mismos y cuidamos de nuestras necesidades antes que causen problemas de salud.

Yo siempre he sido una persona físicamente activa, he participado en cualquier tipo de ejercicio lo cual comenzó después que tuve hijos.

Siempre he vivido un estilo de vida saludable a la mejor de mis habilidades, por eso es que no podía entender porque había sido golpeada tan fuerte.

En realidad, no importa que hagamos, nuestro estatus económico, nuestra felicidad o tristeza, nuestro estrés laboral, o falta de estrés laboral.

Como nuestros hijos afectan nuestras vidas desde el nacimiento hasta que dejan el nido.

Todos somos vulnerables a estas fases de la vida.

Lo que aprendí fue, cuídate ya que nadie más lo hará, toma el tiempo para escuchar los pájaros, mira algo hermoso, siéntate calladamente con esa taza de café o té, reza o medita.

Saber siempre que tú (nosotros) somos lo más importante, de esa forma podemos y estaremos ahí para otros.

ACERCA DEL AUTOR

Mi nombre es Katherine o Kathy.

Soy una hija

Una hermana

Una esposa

Una madre y madrastra

Una abuela

Una tía y tía abuela

Soy una enfermera registrada y muy orgullosa de mi profesión escogida

Yo estoy ahora siguiendo mi sueño como mi esposo lo vio, ser escritora, una defensora, una ayudadora para otros.

Mi meta es dar mi tiempo como voluntaria en nuestro nuevo hogar en la Riviera Maya, en la comunidad TAO con niños, ayudándolos a aprender Inglés mientras ellos me enseñan Español, también el estar involucrada en enfermería humanitaria ya que es mi verdadera pasión en la vida.

Printed in the United States
By Bookmasters